V H M

Valter Hugo Mãe

Serei sempre o teu abrigo

BIBLIOTECA AZUL

© 2020 Valter Hugo Mãe, publicado por acordo com a Porto Editora
e a Villas-Boas & Moss Agência e Consultoria Literária Ltda.
© 2021, by Editora Globo S.A.

Todos os direitos reservados. Nenhuma parte desta edição pode ser
utilizada ou reproduzida – em qualquer meio ou forma, seja mecânico
ou eletrônico, fotocópia, gravação etc. – nem apropriada ou estocada
em sistema de banco de dados, sem a expressa autorização da editora.

Por decisão do autor, esta edição mantém a grafia do texto original e
não segue o Acordo Ortográfico de Língua Portuguesa (Decreto Legislativo
nº 54, de 1995). Este livro não pode ser vendido em Portugal.

EDITOR-RESPONSÁVEL Lucas de Sena Lima
ASSISTENTE EDITORIAL Jaciara Lima
REVISÃO Juarez Donizeti Ambires
PROJETO GRÁFICO E CAPA Bloco Gráfico

CIP-BRASIL. CATALOGAÇÃO NA PUBLICAÇÃO
SINDICATO NACIONAL DOS EDITORES DE LIVROS, RJ

M16s

Mãe, Valter Hugo [1971–]
   Serei sempre o teu abrigo
   Valter Hugo Mãe
   1ª ed., Rio de Janeiro: Biblioteca Azul, 2021
   48 pp.: 27 ils.

ISBN 978-65-5830-131-8

1. Contos portugueses. I. Título.

21-70878   CDD: P869.3

CDU: 82-34(469)

Bibliotecária – Camila Donis Hartmann CRB-7/6472

1ª edição, Biblioteca Azul, 2021 — 2ª reimpressão, 2022

Direitos exclusivos de edição em língua portuguesa,
para o Brasil adquiridos por Editora Globo S.A.
Rua Marquês de Pombal, 25
20.230-240 – Rio de Janeiro – RJ – Brasil
www.globolivros.com.br

*À minha mãe, dona Antónia Alves, e ao meu pai,
senhor Jorge Lemos, que me abrigam.*

Quando a avó trocou o coração por um electrodoméstico, continuou amando. Estava tão acostumada, fazia já do amor uma coisa plenamente racional. Amava por lucidez. Ela dizia: amar é saber.

E dizia: amar é melhorar.

Tantas vezes me repreendeu quando rabujei ou abreviei um abraço. Ordenava apenas: melhora, rapaz. Melhora.

O meu avô, ao contrário, era um homem de oficina. Para ele, a vida era uma tarefa. Havia que cumprir, plantar, colher, assear, ter modos, manter o silêncio, poupar palavras.

Usava todas as distâncias e fugas. A maioria das vezes, só a minha avó o encontrava, metido em lugarejos debaixo das árvores, por onde ia fazer cálculos e afiar foices. Dava-se com os cães. Todos um pouco ferozes. Dormiam também ao sol a sossegar.

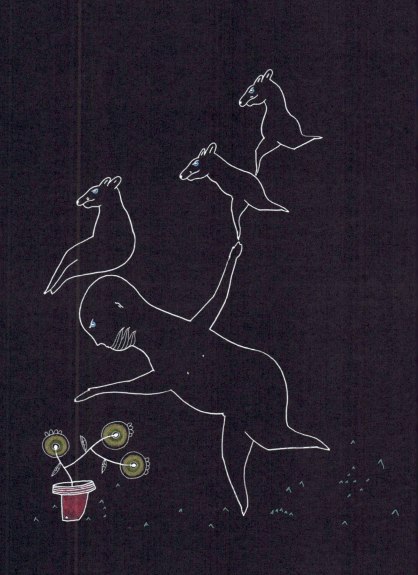

Quando lhe mudaram o coração para uma maquineta esperta, a avó queria só saber se ia fazer ruído como o frigorífico à noite. Estávamos todos ocupados com não sermos esquecidos na paciência de gostar de nós, e ela falava como se cuidasse de pendurar um candeeiro ao meio do peito.

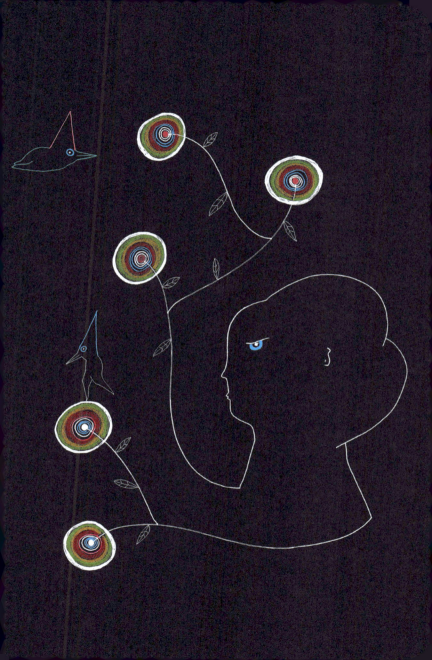

O avô, resumido nos sentimentos, sem talento nas aflições, mais maniento e cheio de medo, só dizia: sossega, menina, sossega. Mesmo velhinhos, ele tratava-a como da primeira vez. Era uma menina.

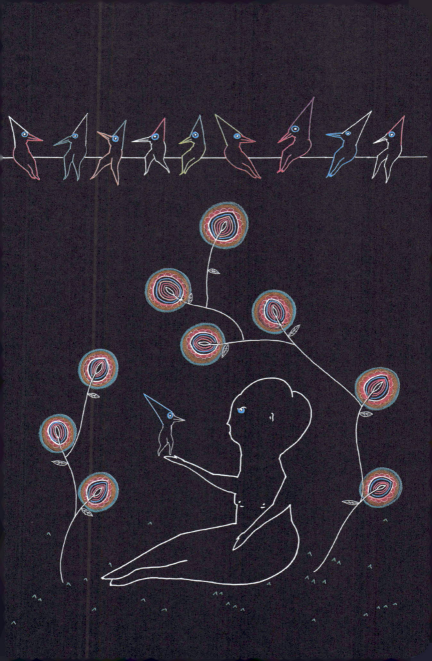

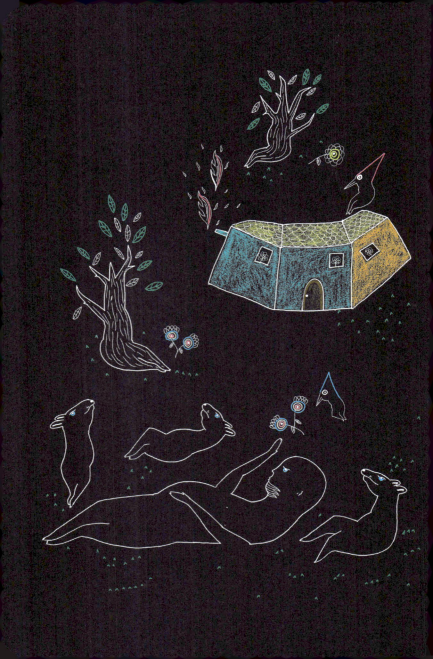

Na nossa casa, a cozinha foi sempre do avô. Ele, de tanto matutar, inventara receitas inigualáveis. A avó julgava que a comida era a poesia do avô, aquilo que encontrara para traduzir delicadeza e carinho por todos nós.

Os cães, sabiam muito bem, nunca eram esquecidos nas refeições. Tomavam conta do fumo saindo chaminé fora e aguardavam lambões. Eu costumava chamá-los pelas janelas: Capitão, Rosado, Julinho.

O avô pedia que se fizesse silêncio. Durante aquele tempo, a avó dormia um pouco. Os cães aguardavam numa ansiedade educadíssima.

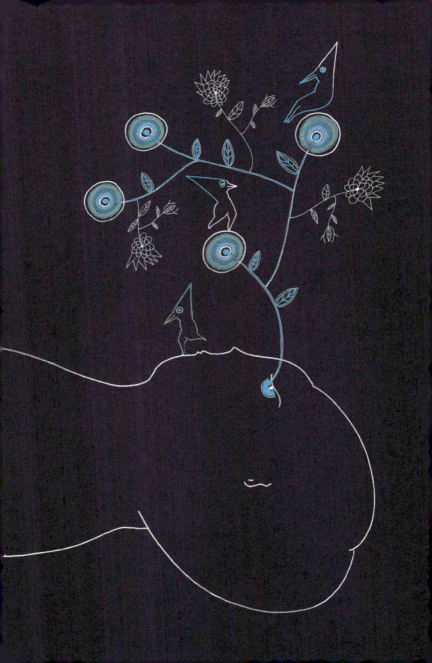

Alguém disse que, em segredo, exactamente deitada para dormir, a avó chorou uma lágrima apenas, e de imediato ela floriu em seu olhar. Uma flor azul que se levantou do rosto, como a própria lua em redor da cabeça.

Tanta coisa era mágica na sua vida. Até a tristeza.

Eu nunca duvidei.

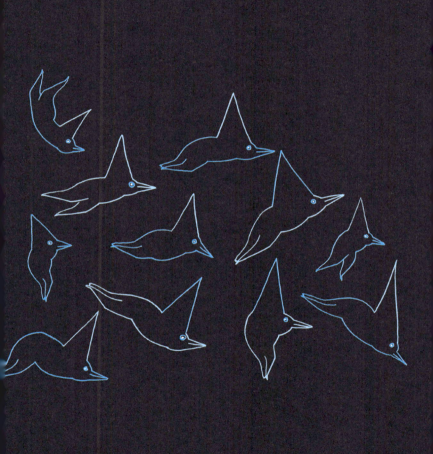

No dia seguinte, sem explicação, um bando azul passou como se fosse chuva chilreando. Descendo às copas das árvores, que se regavam ou choravam também.

A natureza gostava da avó. Contava-se que, quando a família mudou, até as árvores aprenderam a caminhar. E caminharam noite inteira para os nossos bosques e puseram-se pertinho. Foi o avô que jurou. Durante a noite, sem ninguém ver, as árvores todas que estavam ao pé da casa antiga andaram para se mudarem de lugar.

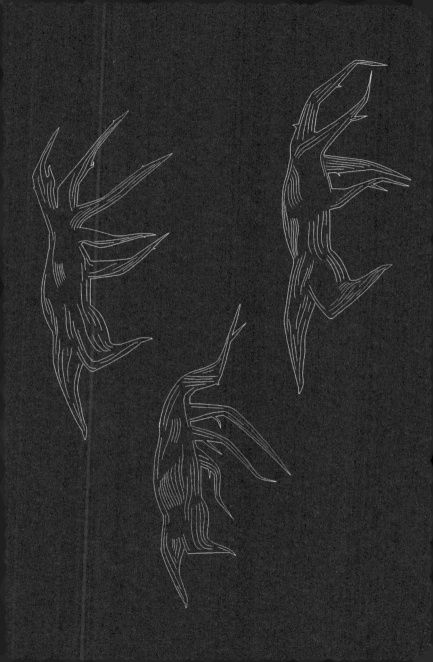

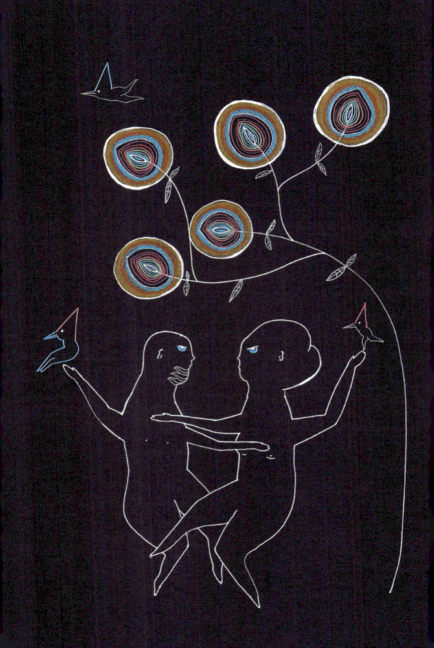

Os médicos vieram explicar tudo, sorridentes, e a avó acordou silente e bem. Eu perguntei: ouve-se. E ela respondeu: igualzinho. Era uma maquineta tão imitadora de um coração que se ouvia da mesma maneira a bater. O meu avô, feliz, quase desperdiçou um sorriso nos lábios. Parecia repreender-se por essa abundância que era gostar de alguém. Voltou a fechar o rosto. Organizou tudo. Tinha ordens muito claras para cuidar da avó. Não se distraía. Era de rigor.

Era importante que a avó tivesse a casa em paz, e o avô até esgaravatou grilos para os ir atirar longe, a ver se nada fazia barulho, criava carências ou se punha de palermices. Os cães afugentavam forasteiros, nem que fossem visitantes bonitos e delicados. Trabalhámos todos para que o nosso campo fosse um exemplo de profundo sossego. A avó precisava de sossegar.

Em conversa, a avó dizia que teve uma ternura e sentiu que lhe passavam por dentro do peito. Como se fosse caminho e houvesse gente tão pequenina que por ali pudesse estar. Fora como descobrira a fraqueza do coração. Dizia: por ternura.

O avô, nessa tarde, não arredou pé. Os cães até latiram lá fora. Ficou sem tempo para mais nada. Ocupava-se do medo, e o tempo todo era pouco para o tamanho do medo que lhe deu.

Para brincar, a avó disse que iria com ele debaixo das árvores, como ficava tanto, à espera de ideias ou alegrias. Deitaram-se. Ela segurou as mãos por sobre a cabeça do marido e declarou: serei sempre o teu abrigo.

As pessoas abrigam-se umas nas outras. Mesmo ausentes, nossos abrigos existem. Estamos debaixo da memória.

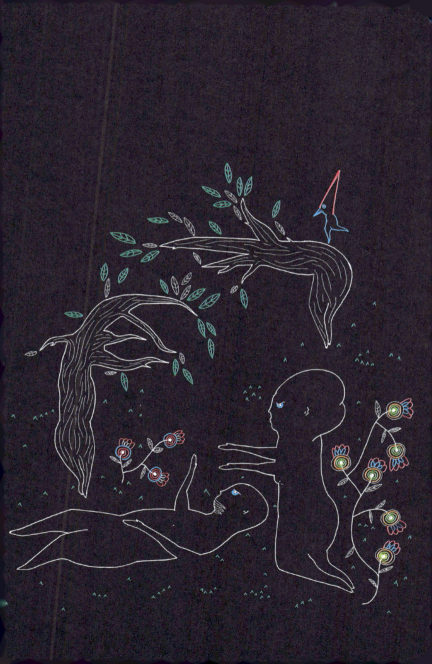

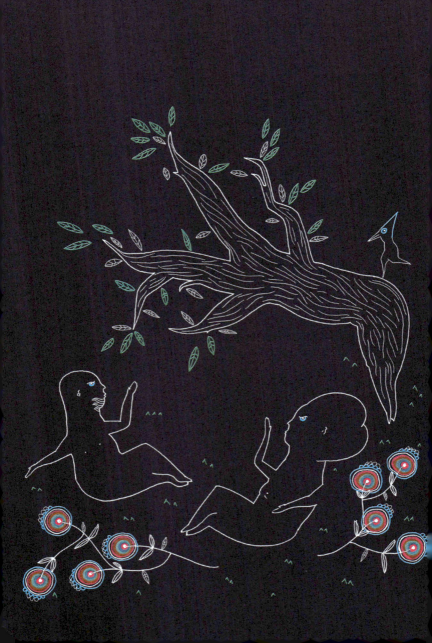

Um dia, entendi que os velhos são heróis. Passaram por muito, ganharam e perderam tanta coisa. Perderam pessoas. Persistem sobretudo para cuidar de nós, os mais novos, e nos assistirem. Observam-nos.

São heróis. Ainda sabem amar depois de tantas dificuldades.

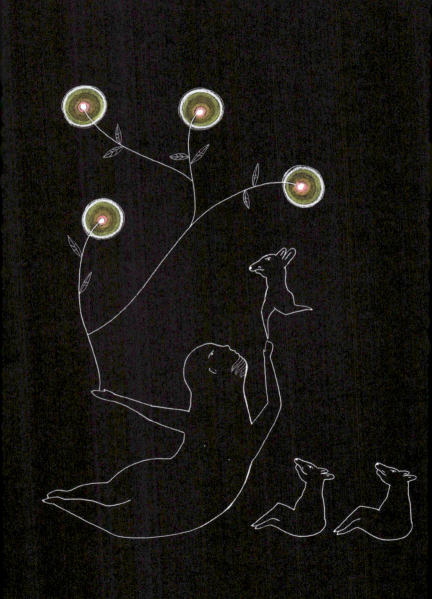

A avó era puro amor, e o avô, que dizíamos ter um ratinho a correr numa roda ao invés de coração, amava por igual. Tinha os sentimentos pouco adornados, mas tinha-os com a mesma intensidade. Meu querido avô, quando o vigiávamos de perto, via-se muito bem que sem a avó não podia ser feliz.

Recuperada, contente com seu coração electrodoméstico, a avó regressou às flores e às plantações, depois, aos bordados. Toda a infância a vi bordar em bocados de linho. E eu disse: como se o pano fosse um bocado de leite parado. E a avó respondeu: que pena o avô ter a vista turva, igual a ser sempre noite.

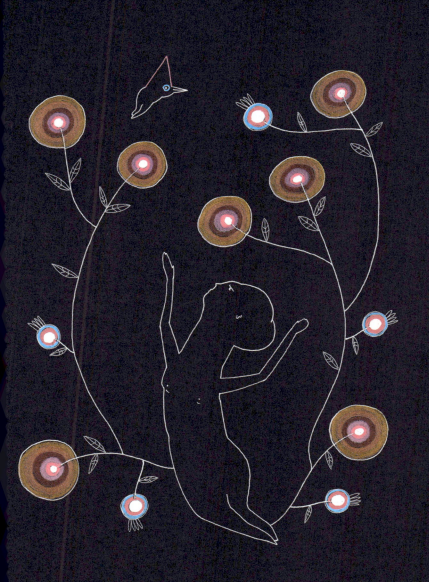

O meu avô habitava uma espécie de escuridão. Todas as pessoas, os cães e as coisas andavam como em pouca cor, sob fundos, por vezes, muito negros. O avô não tinha dias por completo. Tinha uma coisa pouca dos dias. Sentia-lhes mais o fresco ou o quente. Era pela pele.

Eu nunca o havia entendido. Fiquei perplexo.

Talvez eu tenha revelado alguma tristeza. Ficar perplexo podia ser uma certa aflição. Por isso, o avô desceu o rosto sobre mim, chegou bem perto e disse: o beijo da tua avó acende o mundo. Eu sorri.

Meus queridos avós, de corações esquisitos, os dois, eram, afinal, heróis perfeitos. O coração electrodoméstico e o ratinho a correr numa roda entendiam-se como uma verdade absoluta. Aprender isso foi do mais importante da vida. Eu disse: serão sempre o meu abrigo.

Nota do autor

Há sempre lugares, nem que pequenas gavetas, onde não se fica ou não se mexe. Lugares onde protegemos com garra e ternura uma parte da vida, garantias ou provas de amor, tudo quanto nos mantém ou pode reerguer.

Aprendemos sobre isso com os pais e os avós. Ficar longe dos pratos de porcelana que se herdaram do século XIX, não abrir as cartas de namoro antigas, deixar quietos os brincos que brilham, os recortes dos poemas na revista dos domingos da nossa infância, a pagela do São Bento que sabe milagres. Cada coisa, à sua maneira, é a fortuna possível da família.

Quando operam de peito aberto as pessoas que amamos, sentimos que alguém anda de pés inteiros dentro de onde não se pode andar.

Pensamos que é chegada a hora de usar toda a ternura e a fortuna, porque não importa mais nada senão a gloriosa saúde. E imediatamente nos aflige que, acordando, quem amamos possa não nos amar mais. Quando se abre o peito de alguém, pode o amor escapar como evaporado por fim? Que saúde têm os que deixam de amar?

Quando operaram a minha mãe, ela seguiu amando. Ficou saudável. A minha mãe ficou saudável. Continuamos todos abrigados no seu coração. Por alegria, pela ternura e tesouro da família, fica este livro, igualmente bravo, para que entre nele de pés inteiros quem quiser, sem deixar de amar. Sem jamais deixar de amar.

V.H.M.

VALTER HUGO MÃE é um dos mais destacados autores portugueses da atualidade. Sua obra está traduzida em muitas línguas, merecendo um prestigiado acolhimento em países como a Alemanha, a Espanha, a França ou a Croácia.

Publicou os romances: *Homens imprudentemente poéticos*; *A desumanização*; *O filho de mil homens*; *a máquina de fazer espanhóis* (Grande Prémio Portugal Telecom Melhor Livro do Ano e Prémio Portugal Telecom Melhor Romance do Ano); *o apocalipse dos trabalhadores, o remorso de baltazar serapião* (Prémio Literário José Saramago) e *o nosso reino*.

Escreveu alguns livros para todas as idades, entre os quais: *Contos de cães e maus lobos, O paraíso são os outros* e *As mais belas coisas do mundo*. E o livro de memórias *Contra mim*. A sua poesia encontra-se reunida no volume *Publicação da mortalidade*.

Outras informações sobre o autor podem ser encontradas na sua página oficial do Facebook.

Este livro, composto na fonte Silva,
foi impresso em papel Offset 150 g/m², na Geográfica,
São Paulo, Brasil, setembro de 2022.